出版緣起

中華民族是一個充滿詩性的民族。從詩經、楚辭的油然雲興，到唐詩、宋詞的沛然雨落，中國古代經典詩文在幾千年歷史長河中，已融入中華民族的血脉，成爲終生的民族文化基因。在二十一世紀的今天，吟誦中國古典詩文，是一場直面心靈的對話，是一次回歸家園的旅行。爲在新時代更好地傳承和弘揚中華傳統文化之精華，人民出版社推出了《中華古詩文萃》叢書，輯選中國自先秦以下歷代詩文一流名家名作，精編精校，融匯中華優秀傳統文化之精粹典雅。一册在手，擷英咀華，思接千載，幼者可以啓語，少者可以修身，壯者可以養德，老者可以忘憂。

如果説經典詩文是中華傳統文化的高雅靈魂，那麽綫裝古籍就是承載這一靈魂的優美體魄。《中華古詩文萃》精選文津閣《四庫全書》爲底本，采用古籍還原再造的最新技術，完美再現皇家珍藏典籍的原版原式，使讀者能直觀親切地接觸到中國傳統綫裝古籍原初的樣態，還原古人的讀書場景，親身體會迥异于現代圖書裝幀的輕妙如雲之美。中華綫裝古籍與經典古詩文的組合，是中華民族文藝創造力的充分再現；向世界傳播這一大美，是中華民族文化自信的又一體現。

珍版再造

《中華古詩文萃》采用古籍還原再造的最新技術，完美再現清代皇家珍藏文津閣《四庫全書》的原版原式。文津閣《四庫全書》是七部《四庫全書》中的第四部，成書于清乾隆四十九年（1784）十一月，乾隆五十年三月運往承德避暑山莊文津閣收藏，現珍藏于國家圖書館。它是七部《四庫全書》中保存最爲完整，并且至今是原架、原函、原書一體存放保管的唯一一部。作爲一部盛世修成的皇家典藏，文津閣《四庫全書》版式舒朗大氣，手抄小楷精工秀美，令人賞心悦目。《中華古詩文萃》初編收録名家詩文十六種，底本均精選自文津閣《四庫全書》，簡列如下：

詩經卷：經部三·詩類·《詩經集傳》

屈原卷：集部一·楚辭類·《欽定補繪離騷圖》

陶淵明卷：集部一·別集類一·《陶淵明集》

孟浩然卷：集部二·別集類二·《孟浩然集》

王維卷：集部四十三·總集類五·《御定全唐詩》

李白卷：集部四十三·總集類五·《御選唐宋詩醇·隴西李白詩》

杜甫卷：集部四十三·總集類五·《御選唐宋詩醇·襄陽杜甫詩》

白居易卷：集部四十三·總集類五·《御選唐宋詩醇·太原白居易詩》

杜牧卷：集部四·別集類四·《樊川文集》

李商隱卷：集部四·别集類四·《李義山詩集》

柳永卷：集部五十一·詞曲類一·《樂章集》

王安石卷：集部六·别集類六·《臨川集》

蘇軾卷：集部四十三·總集類五·《御選唐宋文醇·眉山蘇軾文》；集部四十三·總集類五·《御選唐宋詩醇·眉山蘇軾詩》；集部五十一·詞曲類一·《東坡詞》

秦觀·李清照卷：集部五十一·詞曲類一·《淮海詞》；集部五十一·詞曲類一·《漱玉詞》

陸游卷：集部四十三·總集類五·《御選唐宋詩醇·山陰陸游詩》；集部五十一·詞曲類一·《放翁詞》

辛棄疾卷：集部五十一·詞曲類一·《稼軒詞》

《中華古詩文萃》不僅再現了文津閣《四庫全書》典雅的版式布局和行款字體，同時注有全文的簡體釋文和句讀，書後并附古籍版式常識示意圖，令人一目了然。同時，與圖書相配合，還有制作精良的全書吟誦音視頻，供讀者隨時欣賞。總之，《中華古詩文萃》致力于在保持傳統綫裝古籍原初之美的同時，嘗試最大限度地消除現代讀者與古典的隔閡，再一次搭建起溝通古代經典與現代生活的橋梁。

欣賞收藏

宣紙綫裝，中國古代書册制度發展成熟的頂峰，數百年來延續着中華文脉，迥异于工業化的西方現代裝幀，展現出獨一無二的中國智慧。中國自古以來就有愛書惜書的傳統，衹要閱讀、收藏方法得當，宣紙綫裝古籍極耐保存，素有“紙壽千年”的美譽。宋末元初書畫大家趙孟頫曾有“讀書十約”以諭後世：

聚書藏書，良非易事。善觀書者，澄神端慮，净幾焚香，勿卷腦，勿折角，勿以爪侵字，勿以唾揭幅，勿以作枕，勿以夾刺。隨損隨修，隨開隨掩。後之得吾書者，并奉贈此法。

簡而言之，在閱讀古籍時應該：

一、清除雜念，集中精神；

二、潔净書案，焚點熏香；

三、勿緊卷書脊；

四、勿折叠書角；

五、勿用指甲抓撓翻頁；

六、勿以指蘸唾翻頁；

七、勿用書枕頭；

八、勿以硬物插頁；

九、及時修補破損；

十、讀罷及時合上書册。

這“讀書十約”可謂古代先賢愛書惜書經驗的總結，也可借爲《中華古詩文萃》欣賞收藏方法之説明。

《中華古詩文萃》全采手工宣紙印刷，由工匠采用傳統綫裝工藝手工裝幀，覆以耿絹花綾，盛以六合函套，使讀者得以與中國綫裝古籍輕柔之美親密接觸。一函入手，斯文在兹，如雲卷雲舒，温潤自在。每吟哦于席間幾上，或擱置于花前茗邊，不僅是一次與古人對話的精神體驗，更是一種深契于當代中國人内心的生活方式。

藏書信息著録

書　名：《中華古詩文萃》

行　款：每葉十六行，行二十一字

版心尺寸：高二十二點五厘米，寬十五點五厘米

成書尺寸：高二十九厘米，寬十八點五厘米

内文用紙：手工加厚宣紙

包角、裝訂用料：真絲耿絹，絲綫

封面、函套用料：真絲花綾

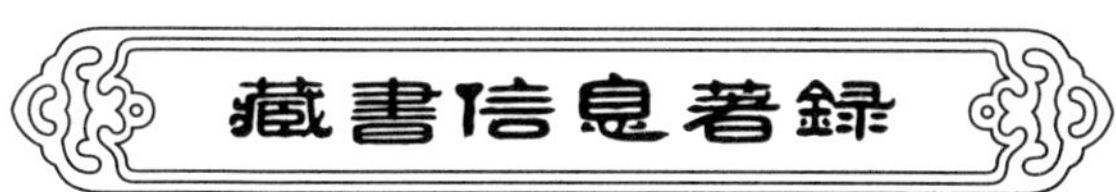

中華古詩文萃

特約策劃　載道文化發展（北京）有限公司
電　話　〇一〇八四〇八三九六三

出版發行　人民出版社
電　話　〇一〇六五二五〇〇四二
〇一〇六五二八九五三九（銷售部）

定　價　二九九圓

《中华古诗文萃》
载道文化诵读
www.zaidao.net

人民出版社
www.pph166.com

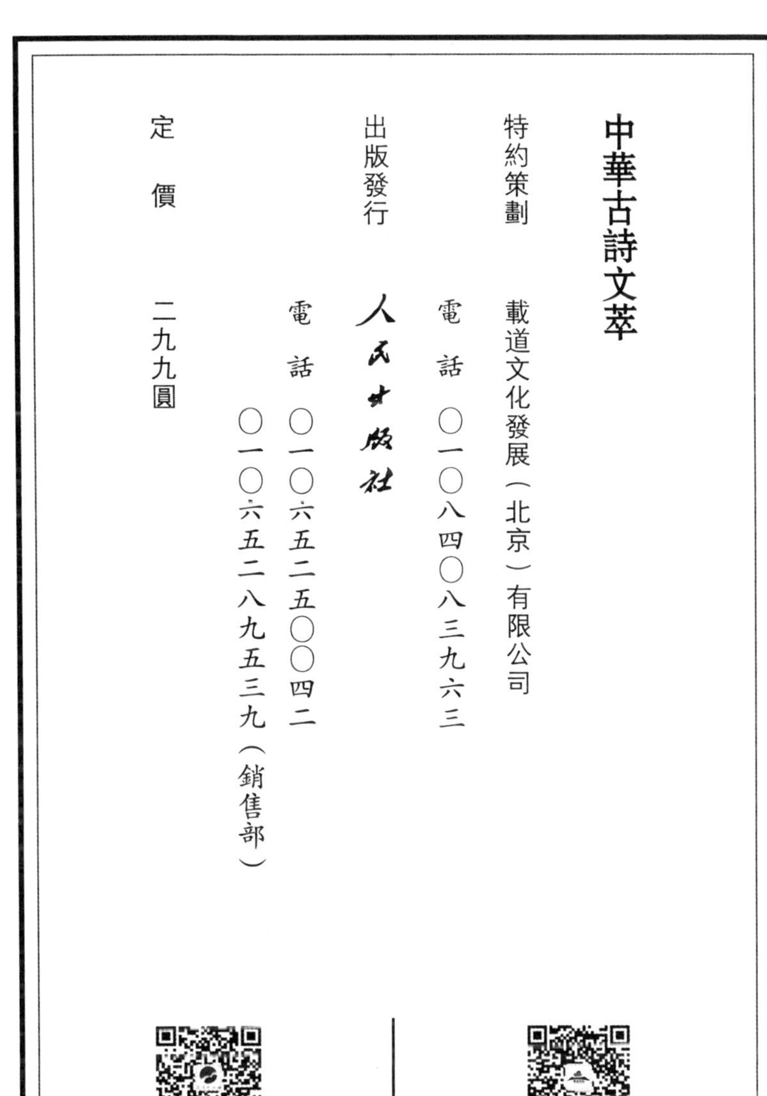

文津閣《四庫全書》原版再造

中華古詩文萃

收藏手冊

人民出版社

文津閣《四庫全書》原版再造

中華古詩文萃

屈原卷

人民出版社

离骚经者／屈原之所作也／屈
原名平／与楚同姓／仕于
怀王／为三闾大夫／三闾之职
／掌王族三姓／曰昭屈景／
屈原序其谱属／率其贤良／以
厉国士／入则与王图议
政事／决定嫌疑／出则监察群
下／应对诸侯／谋行职修／
王甚珍之／同列大夫上官靳尚
妒害其能／共谮毁之／
王乃疏屈原／屈原执履忠贞而
被谗邪／忧心烦乱／不
知所愬／乃作离骚经／离／别
也／骚／愁也／经／径也／言
以放
逐离别／中心愁思／犹陈直径
／以讽谏君也／故上述唐
虞三后之制／下序桀纣羿浇之
败／冀君觉悟／反于正
道而还己也／是时／秦昭王使
张仪谲诈怀王／令绝齐
交／又使诱楚／请与俱会武关
／遂胁与俱归／拘留不遣／
卒客死于秦／其子襄王／复用
谗言／迁屈原于江南／而
屈原放在山野／复作九章／援
天引圣／以自证明／终不
见省／不忍以清白久居浊世／
遂赴汨渊自沉而死／离
骚之文／依诗取兴／引类譬喻
／故善鸟香草／以配忠贞／

離騷經

離騷經者屈原之所作也屈原名平與楚同姓仕於懷王為三閭大夫三閭之職掌王族三姓曰昭屈景屈原序其譜屬率其賢良以厲國士入則與王圖議政事決定嫌疑出則監察羣下應對諸侯謀行職修王甚珍之同列大夫上官靳尚妬害其能共譖毀之王乃疏屈原屈原執履忠貞而被讒衺憂心煩亂不知所愬乃作離騷經離別也騷愁也經徑也言以放逐離别中心愁思猶陳直徑以諷諫君也故上述唐虞三后之制下序桀紂羿澆之敗冀君覺悟反於正道而還己也是時秦昭王使張儀譎詐懷王令絶齊交又使誘楚請與俱會武關遂脅與俱歸拘留不遣卒客死於秦其子襄王復用讒言遷屈原於江南而屈原放在山野復作九章援天引聖以自證明終不見省不忍以清白久居濁世遂赴汨淵自沈而死離騷之文依詩取興引類譬喻故善鳥香草以配忠貞

恶禽臭物／以比谗佞／灵修美人／以媲于君／宓妃佚女／以譬贤臣／虬龙鸾凤／以托君子／飘风云霓／以为小人／其词温而雅／其义皎而朗／凡百君子／莫不慕其清高／嘉其文采／哀其不遇／而闵其志焉／

惡禽臭物以比讒佞靈修美人以媲於君宓妃佚女以譬賢臣虬龍鸞鳳以託君子飄風雲霓以為小人其詞溫而雅其義皎而朗凡百君子莫不慕其清高嘉其文采哀其不遇而閔其志焉

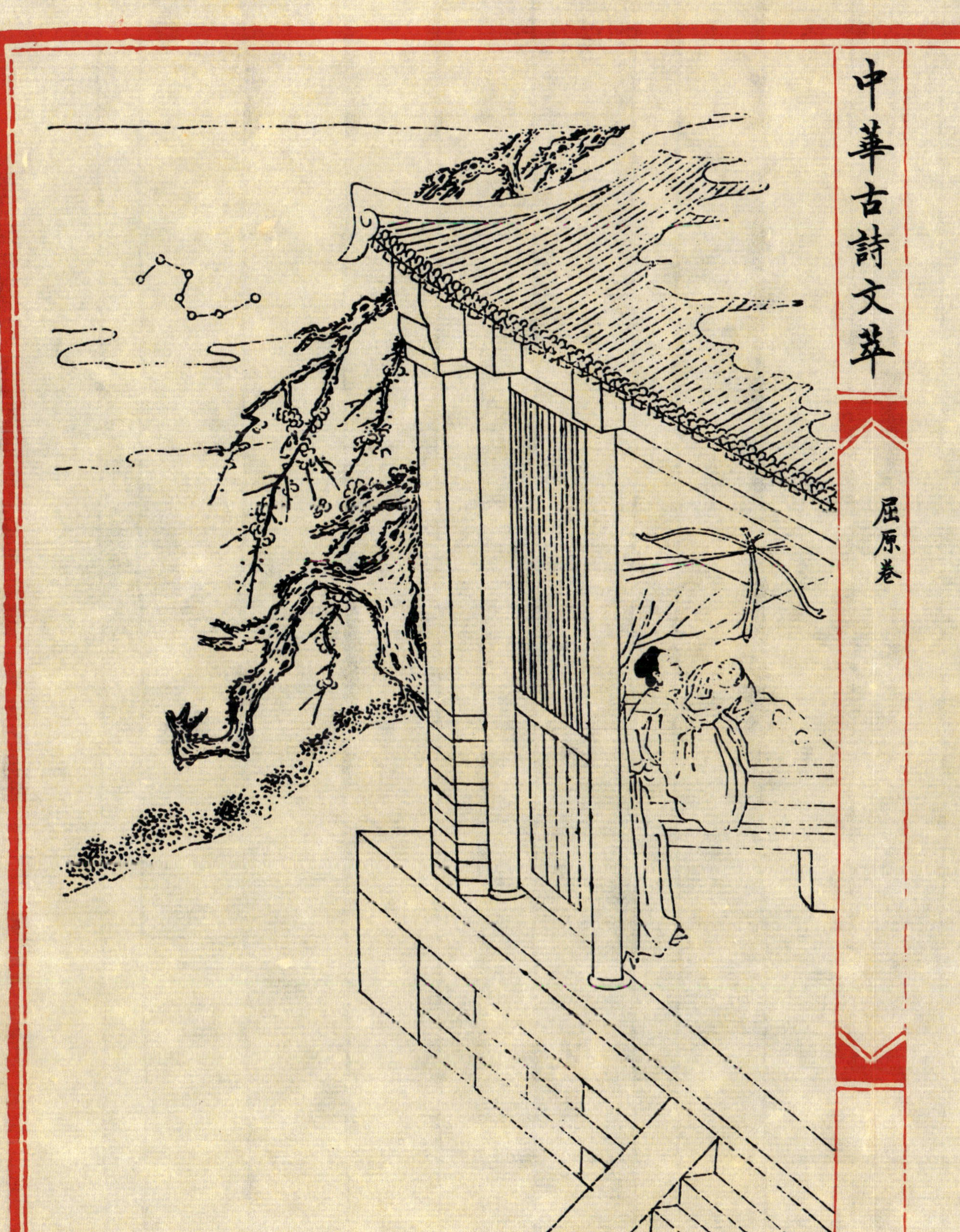

帝高阳之苗裔兮／朕皇考曰伯庸／摄提贞于孟陬兮／惟庚寅吾以降／

帝高陽之苗裔兮朕皇考曰伯庸攝提貞于孟陬兮惟
庚寅吾以降

皇览揆余初度兮／肇锡余以嘉名／名余曰正则兮／字余曰灵均／

皇覽揆余初度兮肇錫余以嘉名名余曰正則兮字余曰靈均

纷吾既有此内美兮／又重之以
修能／扈江蓠与辟芷兮／
纫秋兰以为佩／汩予若将不及
兮／恐年岁之不吾与／朝
搴阰之木兰兮／夕揽洲之宿莽
／日月忽其不淹兮／春与
秋其代序／惟草木之零落兮／
恐美人之迟莫／不抚壮而弃
秽兮／何不改乎此度也／

紛吾既有此内美兮又重之以脩能扈江離與辟芷兮
紉秋蘭以為佩汩予若將不及兮恐年歲之不吾與朝
搴阰之木蘭兮夕攬洲之宿莽日月忽其不淹兮春與
秋其代序惟草木之零落兮恐美人之遲莫撫壯而棄
穢兮何不改乎此度也

乘骐骥以驰骋兮／来吾导夫先路也／

乘騏驥以馳騁兮來吾導夫先路也

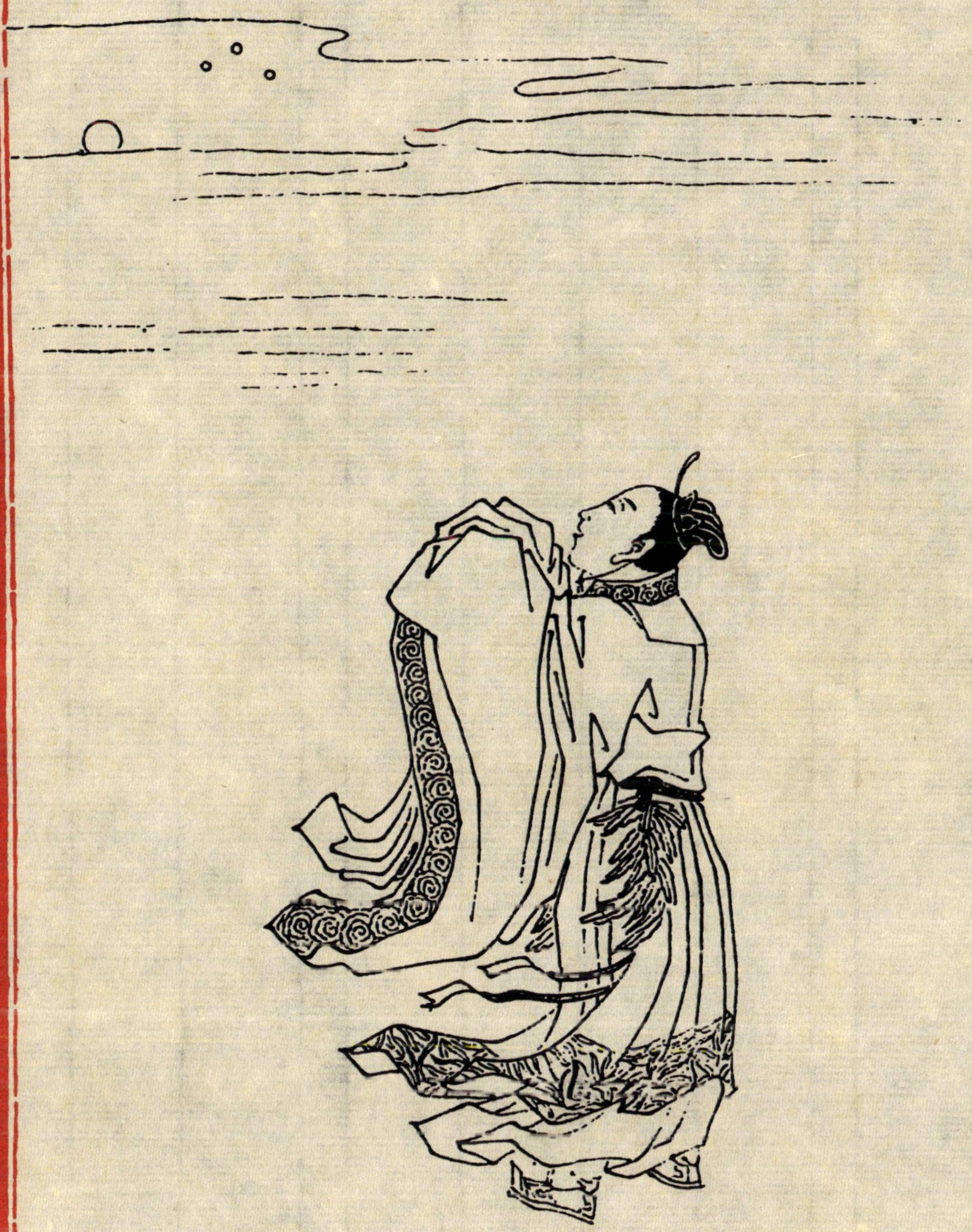

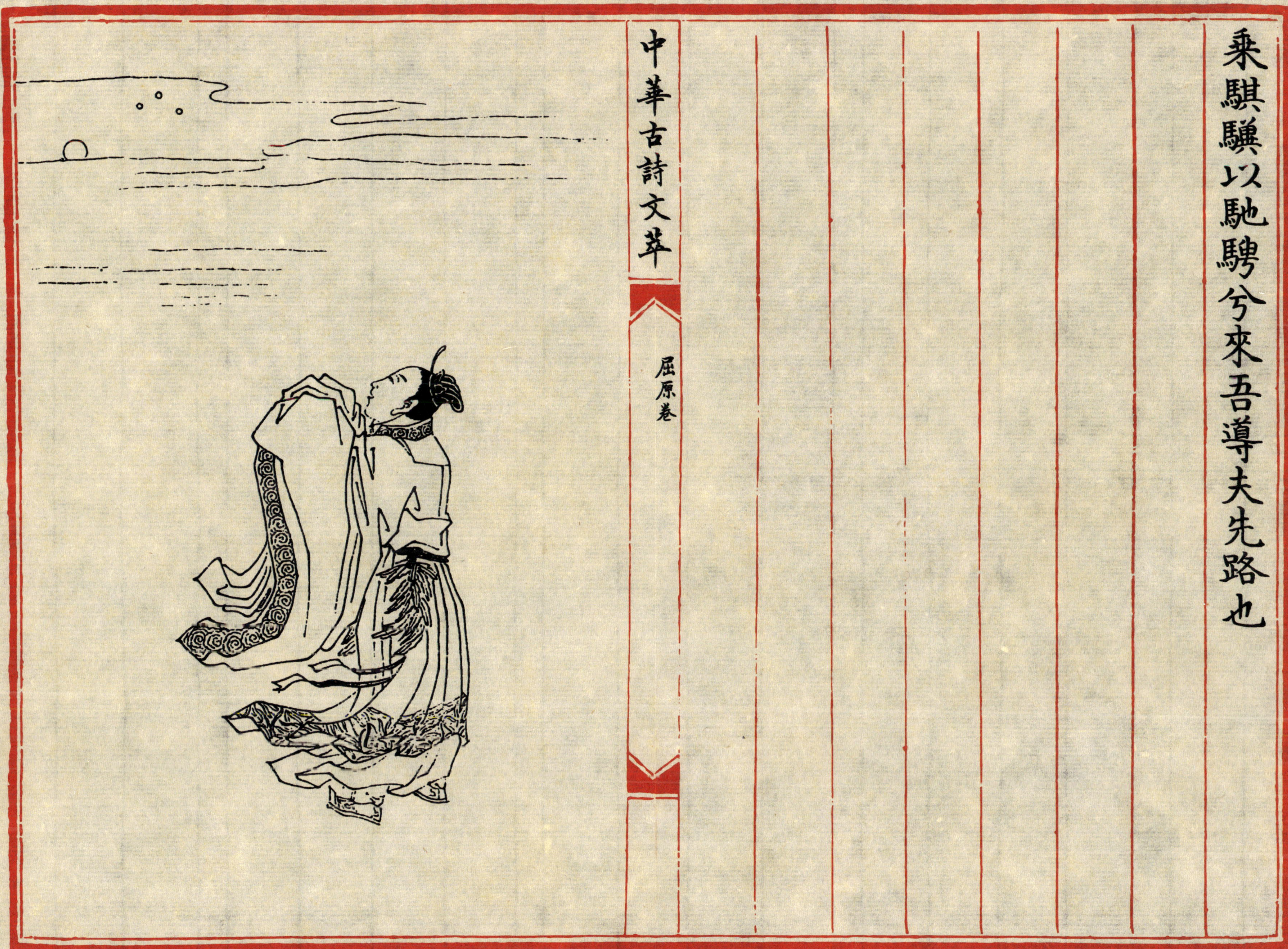

乘騏驥以馳騁兮來吾道夫先路也

中華古詩文萃

屈原卷

昔三后之纯粹兮＼固众芳之所在＼杂申椒与菌桂兮＼岂惟纫夫蕙茝＼彼尧舜之耿介兮＼既遵道而得路＼何桀纣之昌披兮＼夫惟捷径以窘步＼惟党人之（偷）〔偷〕乐兮＼路幽昧以险隘＼岂予身之惮殃兮＼恐皇舆之败绩＼忽奔走以先后兮＼及前王之踵武＼荃不察余之中情兮＼反信谗而齌怒＼予固知謇謇之为患兮＼忍而不能舍也＼指九天以为正兮＼夫惟灵修之故也＼初既与予成言兮＼后悔遁而有他＼余既不难夫别离兮＼伤灵修之数化＼

昔三后之純粹兮固衆芳之所在雜申椒與菌桂兮豈
惟紉夫蕙茝彼堯舜之耿介兮既遵道而得路何桀紂
之昌披兮夫惟捷徑以窘步惟黨人之偷樂兮路幽昧
以險隘豈予身之憚殃兮恐皇輿之敗績忽奔走以先
後兮及前王之踵武荃不察余之中情兮反信讒而齌
怒予固知謇謇之為患兮忍而不能舍也指九天以為
正兮夫惟靈脩之故也初既與予成言兮後悔遁而有
他余既不難夫别離兮傷靈脩之數化

余既滋兰之九畹兮／又树蕙之百亩／畦留夷与揭车兮／
杂杜衡与芳芷／冀枝叶之峻茂兮／愿俟时乎吾将刈／虽
萎绝其亦何伤兮／哀众芳之芜秽／众皆竞进而贪婪兮／
凭不厌乎求索／羌内恕己以量人兮／各兴心而嫉妒／忽
驰骛以追逐兮／非余心之所急／老冉冉其将至兮／恐修
名之不立／

余既滋蘭之九畹兮又樹蕙之百畮畦留夷與揭車兮
雜杜衡與芳芷冀枝葉之峻茂兮願竢時乎吾將刈雖
萎絶其亦何傷兮哀衆芳之蕪穢衆皆競進而貪婪兮
憑不厭乎求索羌内恕已以量人兮各興心而嫉妬忽
馳騖以追逐兮非余心之所急老冉冉其將至兮恐脩
名之不立

余既滋蘭之九畹兮又樹蕙之百畝畦留夷與揭車兮
雜杜衡與芳芷冀枝葉之峻茂兮願俟時乎吾將刈雖
萎絕其亦何傷兮哀眾芳之蕪穢眾皆競進以貪婪兮
憑不厭乎求索羌內恕己以量人兮各興心而嫉妒
忽馳騖以追逐兮非余心之所急老冉冉其將至兮恐脩
名之不立

朝饮木兰之坠露兮／夕餐秋菊
之落英／苟余情其信姱
以练要兮／长顑颔亦何伤／揽
木根以结茝兮／贯薜荔之
落蕊／矫菌桂以纫兰兮／索胡
绳之纚纚／謇吾法夫前修
兮／非世俗之所服／虽不周于
今之人兮／愿依彭咸之遗
则／长太息以掩涕兮／哀民生
之多艰／余虽好修姱以鞿
羁兮／謇朝谇而夕替／既替余
以蕙纕兮／又申之以揽茝／
亦余心之所善兮／虽九死其犹
未悔／

朝飲木蘭之墜露兮夕餐秋菊之落英苟余情其信姱
以練要兮長顑頷亦何傷擥木根以結茝兮貫薜荔之
落蕊矯菌桂以紉蘭兮索胡繩之纚纚謇吾法夫前脩
兮非世俗之所服雖不周于今之人兮願依彭咸之遺
則長太息以掩涕兮哀民生之多艱余雖好脩姱以鞿
羈兮謇朝誶而夕替既替余以蕙纕兮又申之以擥茝
亦余心之所善兮雖九死其猶未悔

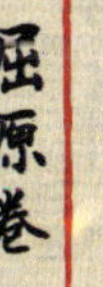

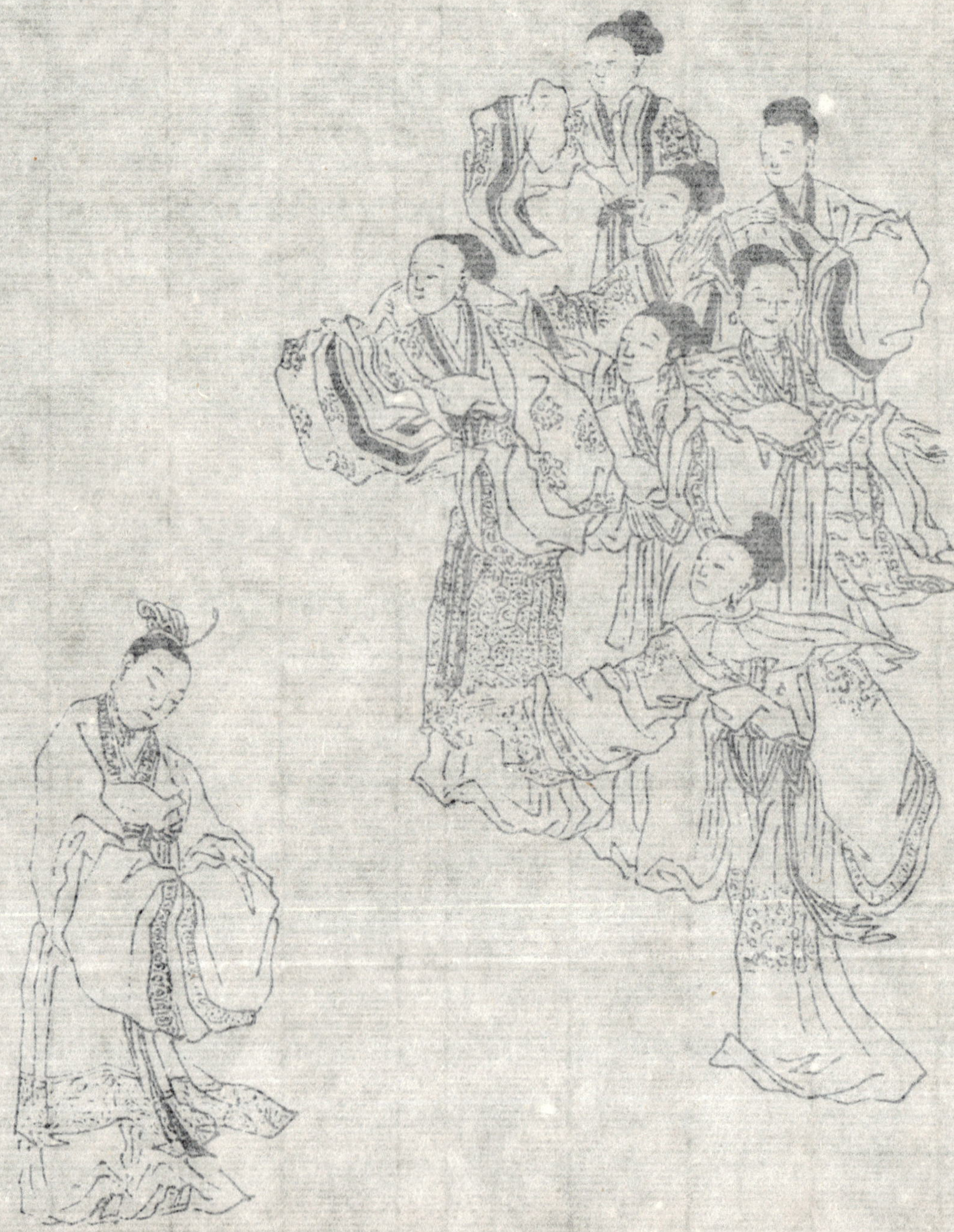

怨灵修之浩荡兮/终不察夫民心/众女嫉余之蛾眉兮/谣诼谓余以善淫/固时俗之工巧兮/偭规矩而改错/背绳墨以追曲兮/竞周容以为度/忳郁邑余侘傺兮/吾独穷困乎此时也/宁溘死而流亡兮/余不忍为此态也/

怨靈脩之浩蕩兮終不察夫民心衆女嫉余之蛾眉兮
謡諑謂余以善淫固時俗之工巧兮偭規矩而改錯背
繩墨以追曲兮競周容以為度忳鬱邑余侘傺兮吾獨
窮困乎此時也寧溘死而流亡兮余不忍為此態也

中華古詩文萃

屈原卷

鸞鳥之不羣兮自前世而固然何方圜之能周兮夫孰異道而相安

屈心而抑志兮／忍尤而攘诟／
伏清白以死直兮／固前圣
之所厚／悔相道之不察兮／延
伫乎吾将反／回朕车以复
路兮／及行迷之未远／步余马
于兰皋兮／驰椒丘且焉止
息／进不入以离尤兮／退将修
吾初服／

屈心而抑志兮忍尤而攘詬伏清白以死直兮固前聖
之所厚悔相道之不察兮延佇乎吾將反回朕車以復
路兮及行迷之未遠步余馬於蘭皋兮馳椒丘且焉止
息進不入以離尤兮退將脩吾初服

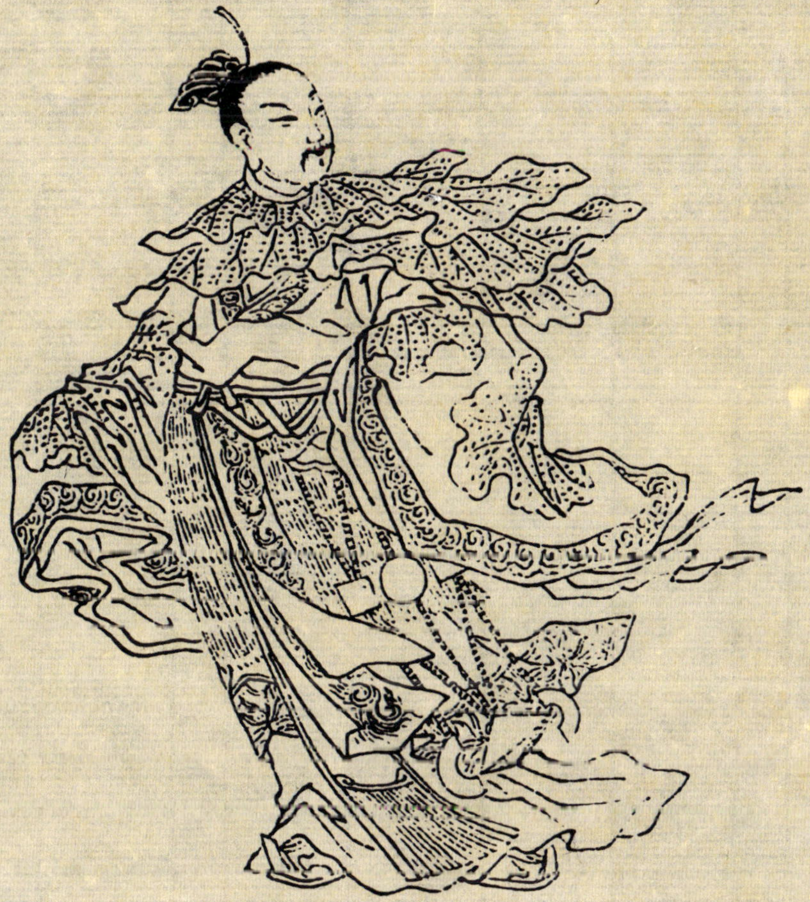

制芰荷以为衣兮/集芙蓉以为裳/不吾知其亦已兮/苟余情其信芳/高余冠之岌岌兮/长余佩之陆离/芳与泽其杂糅兮/惟昭质其犹未亏/忽反顾以游目兮/将往观乎四荒/佩缤纷其繁饰兮/芳菲菲其弥章/民生各有所乐兮/余独好修以为常/虽体解吾犹未变兮/岂余心之可惩/

製芰荷以為衣兮集芙蓉以為裳不吾知其亦已兮苟余情其信芳高余冠之岌岌兮長余佩之陸離芳與澤其雜糅兮惟昭質其猶未虧忽反顧以遊目兮將往觀乎四荒佩繽紛其繁飾兮芳菲菲其彌章民生各有所樂兮余獨好脩以為常雖體解吾猶未變兮豈余心之可懲

製芰荷以為衣兮集芙蓉以為裳不吾知其亦已兮苟
余情其信芳高余冠之岌岌兮長余佩之陸離芳與澤
其雜糅兮唯昭質其猶未虧忽反顧以遊目兮將往觀
乎四荒佩繽紛其繁飾兮芳菲菲其彌章民生各有所
樂兮余獨好脩以為常雖體解吾猶未變兮豈余心
之可懲

女嬃之婵媛兮\申申其詈余\
曰\鲧婞直以亡身兮\终然
夭乎羽之野\女何博謇而好修
兮\纷独有此姱节\薋菉
葹以盈室兮\判独离而不服\
众不可户说兮\孰云察余
之中情\世并举而好朋兮\夫
何茕独而不余听\

女嬃之嬋媛兮申申其詈余曰鯀婞直以亡身兮終然
夭乎羽之野女何博謇而好脩兮紛獨有此姱節薋菉
葹以盈室兮判獨離而不服衆不可戶說兮孰云察余
之中情世並舉而好朋兮夫何煢獨而不余聽

依前圣以节中兮＼喟凭心而历
兹＼济沅湘以南征兮＼就
重华而陈辞＼

依前聖以節中兮喟憑心而歷茲濟沅湘以南征兮就
重華而陳辭

启九辩与九歌兮、夏康娱以自纵、不顾难以图后兮、五子用失乎家巷、

啓九辯與九歌兮夏康娛以自縱不顧難以圖後兮五子用失乎家巷

羿淫游以佚田兮／又好射夫封狐／固乱流其鲜终兮／浞又贪夫厥家／浇身被服强圉兮／纵欲而不忍／日康娱而自忘兮／厥首用夫颠陨／夏桀之常违兮、乃遂焉而逢殃／后辛之菹醢兮／殷宗用之不长／汤禹俨而祗敬兮／周论道而莫差、举贤而授能兮／循绳墨而不颇／皇天无私阿兮／览民德焉错辅／夫惟圣哲以茂行兮、苟得用此下土／瞻前而顾后兮／相观民之计极／夫孰非义而可用兮／孰非善而可服／阽余身而危死兮／览余初其犹未悔／不量凿而正枘兮／固前修以菹醢／曾歔欷余郁邑兮／哀朕时之不当／揽茹蕙以掩涕兮／沾余襟之浪浪／

羿淫遊以佚田兮又好射夫封狐固亂流其鮮終兮浞
又貪夫厥家澆身被服强圉兮縱欲而不忍日康娛而
自忘兮厥首用夫顛隕夏桀之常違兮乃遂焉而逢殃
后辛之菹醢兮殷宗用之不長湯禹嚴而祗敬兮周論
道而莫差舉賢而授能兮循繩墨而不頗皇天無私阿
兮覽民德焉錯輔夫惟聖哲以茂行兮苟得用此下土
瞻前而顧後兮相觀民之計極夫孰非義而可用兮孰
非善而可服阽余身而危死兮覽余初其猶未悔不量鑿

而正枘兮固前脩以菹醢曾歔欷余鬱邑兮哀朕時之
不當攬茹蕙以掩涕兮霑余襟之浪浪

中華古詩文萃

屈原卷

中華香譜天華
風凰台

跪敷衽以陈辞兮\耿吾既得此
中正\驷玉虬以乘鹥兮\
溘埃风余上征\朝发轫于苍梧
兮\夕余至乎县圃\欲少
留此灵琐兮\日忽忽其将暮\
吾令羲和弭节兮\望崦嵫
而勿迫\路曼曼其修远兮\吾
将上下而求索\

跪敷衽以陳辭兮耿吾既得此中正駟玉虬以乘鷖兮
溘埃風余上征朝發軔于蒼梧兮夕余至乎縣圃欲少
留此靈瑣兮日忽忽其將暮吾令羲和弭節兮望崦嵫
而勿迫路曼曼其脩遠兮吾將上下而求索

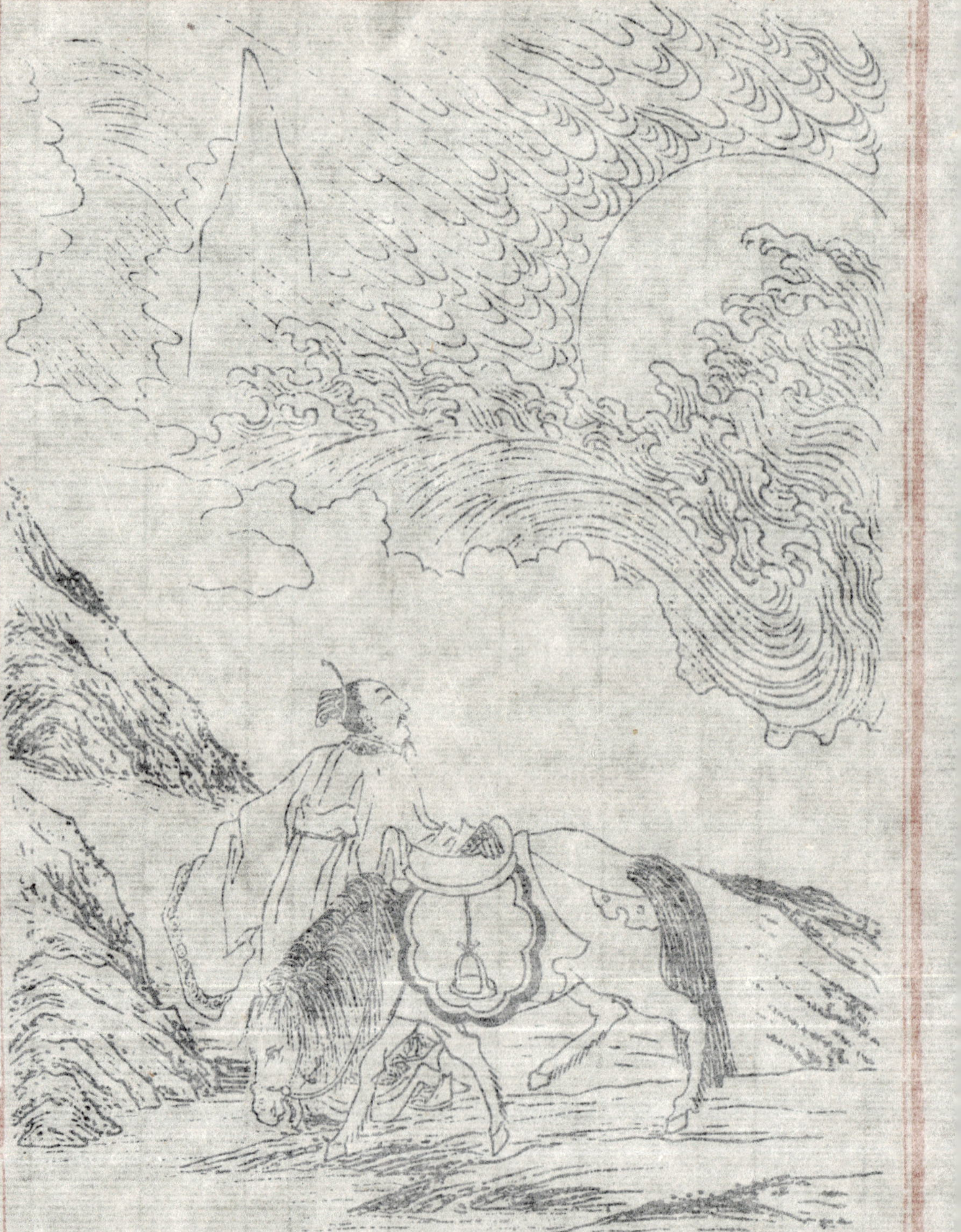

饮余马于咸池兮／总予辔乎扶桑／折若木以拂日兮／聊须臾以相羊／

飲余馬于咸池兮總予轡乎扶桑折若木以拂日兮聊
須臾以相羊

前望舒使先驱兮／后飞廉使奔属／鸾皇为余先戒兮／雷师告余以未具／吾令凤鸟飞腾兮／继之以日夜／飘风屯其相离兮／率云霓而来御／纷总总其离合兮／斑陆离其上下／

前望舒使先驅兮後飛廉使奔屬鸞皇為余先戒兮雷師告余以未具吾令鳳鳥飛騰兮繼之以日夜飄風屯其相離兮率雲霓而來御紛總總其離合兮斑陸離其上下

吾令帝阍开关兮／倚阊阖而望余／时暧暧其将罢兮／结幽兰而延伫／世溷浊而不分兮／好蔽美而嫉妒／

吾令帝閽開關兮倚閶闔而望余時曖曖其將罷兮結
幽蘭而延佇世溷濁而不分兮好蔽美而嫉妒

朝吾将济于白水兮/登阆风而绁马/忽反顾以流涕兮/
哀高丘之无女/

朝吾將濟于白水兮登閬風而緤馬忽反顧以流涕兮
哀高丘之無女

溘吾游此春宫兮，折琼枝以继佩，及荣华之未落兮，相下女之可诒。

溘吾遊此春宫兮折瓊枝以繼佩及榮華之未落兮相
下女之可詒

吾令丰隆乘云兮╲求宓妃之所在╲解佩纕以结言兮╲吾令謇修以为理╲纷总总其离合兮╲忽纬繣之难迁╲夕归次于穷石兮╲朝濯发乎洧槃╲保美以骄敖兮╲日康娱以淫游╲虽信美而无礼兮╲来违弃而改求╲

吾令豐隆乘雲兮求宓妃之所在解佩纕以結言兮吾
令蹇脩以為理紛總總其離合兮忽緯繣之難遷夕歸
次于窮石兮朝濯髮乎洧盤保美以驕敖兮日康娛以
淫遊雖信美而無禮兮來違棄而改求

览相观于四极兮／周流乎天余乃下／望瑶台之偃蹇兮／见
有娀之佚女／吾令鸩为媒兮／鸩告余以不好／雄鸠之鸣
逝兮／予犹恶其佻巧／心犹豫而狐疑兮／欲自适而不可／
凤皇既受诒兮／恐高辛之先我／欲远集而无所止兮／聊
浮游以逍遥／及少康之未家兮／留有虞之二姚／理弱而
媒拙兮／恐导言之不固／世溷浊而嫉贤兮／好蔽美而称
恶／闺中既以邃远兮／哲王又不寤／怀朕情而不发兮／余
焉能忍与此终古／

覽相觀於四極兮周流乎天余乃下望瑤臺之偃蹇兮見
有娀之佚女吾令鴆為媒兮鴆告余以不好雄鳩之鳴
逝兮予猶惡其佻巧心猶豫而狐疑兮欲自適而不可
鳳皇既受詒兮恐高辛之先我欲遠集而無所止兮聊
浮遊以逍遥及少康之未家兮留有虞之二姚理弱而
媒拙兮恐導言之不固世溷濁而嫉賢兮好蔽美而稱
惡閨中既以邃遠兮哲王又不寤懷朕情而不發兮余
焉能忍與此終古

索琼茅以筳篿兮／命灵氛为余占之／曰／两美其必合兮／
孰信修而慕之／思九州之博大兮／岂惟是其有女／曰／勉
远逝而无疑兮／孰求美而释女／何所独无芳草兮／尔何
怀乎故宇／世幽昧以眩曜兮／孰云察余之善恶／民好恶
其不同兮／惟此党人其独异／户服艾以盈要兮／谓幽兰
其不可佩／览察草木其犹未得兮／岂珵美之能当／苏粪
壤以充帏兮／谓申椒其不芳／

索瓊茅以筳篿兮命靈氛為余占之曰兩美其必合兮
孰信脩而慕之思九州之博大兮豈惟是其有女曰勉
遠逝而無疑兮孰求美而釋女何所獨無芳草兮爾何
懷乎故宇世幽昧以眩曜兮孰云察余之善惡民好惡
其不同兮惟此黨人其獨異戶服艾以盈要兮謂幽蘭
其不可佩覽察草木其猶未得兮豈珵美之能當蘇糞
壤以充幃兮謂申椒其不芳

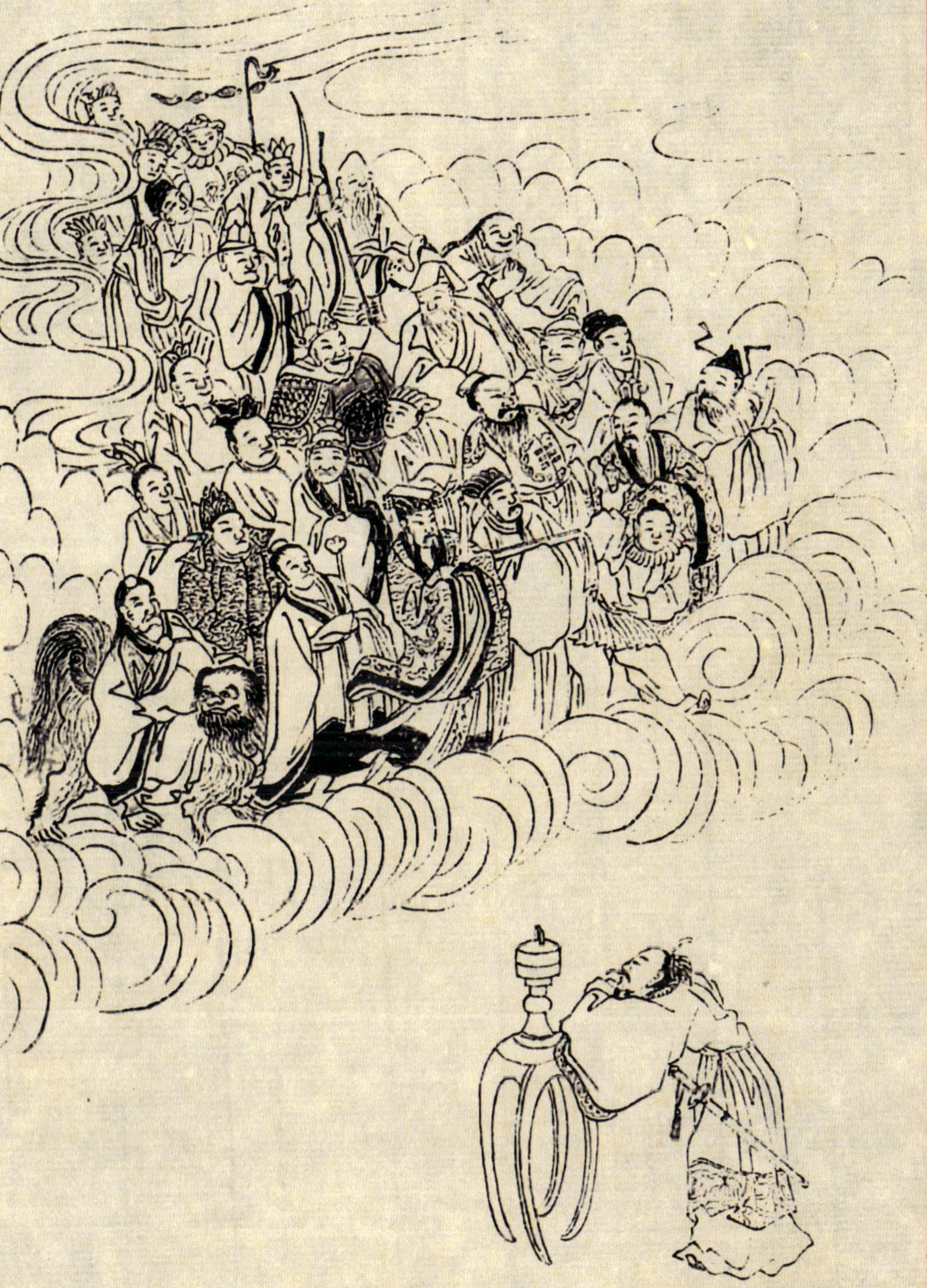

曰／勉升降以上下兮／求矩矱之所同／汤禹严而求合兮／挚咎繇而能调／苟中情其好修兮／何必用夫行媒／说操筑于傅［严］［岩］兮／武丁用而不疑／

曰勉升降以上下兮求榘矱之所同湯禹嚴而求合兮
摯咎繇而能調苟中情其好脩兮何必用夫行媒說操
築于傅巖兮武丁用而不疑

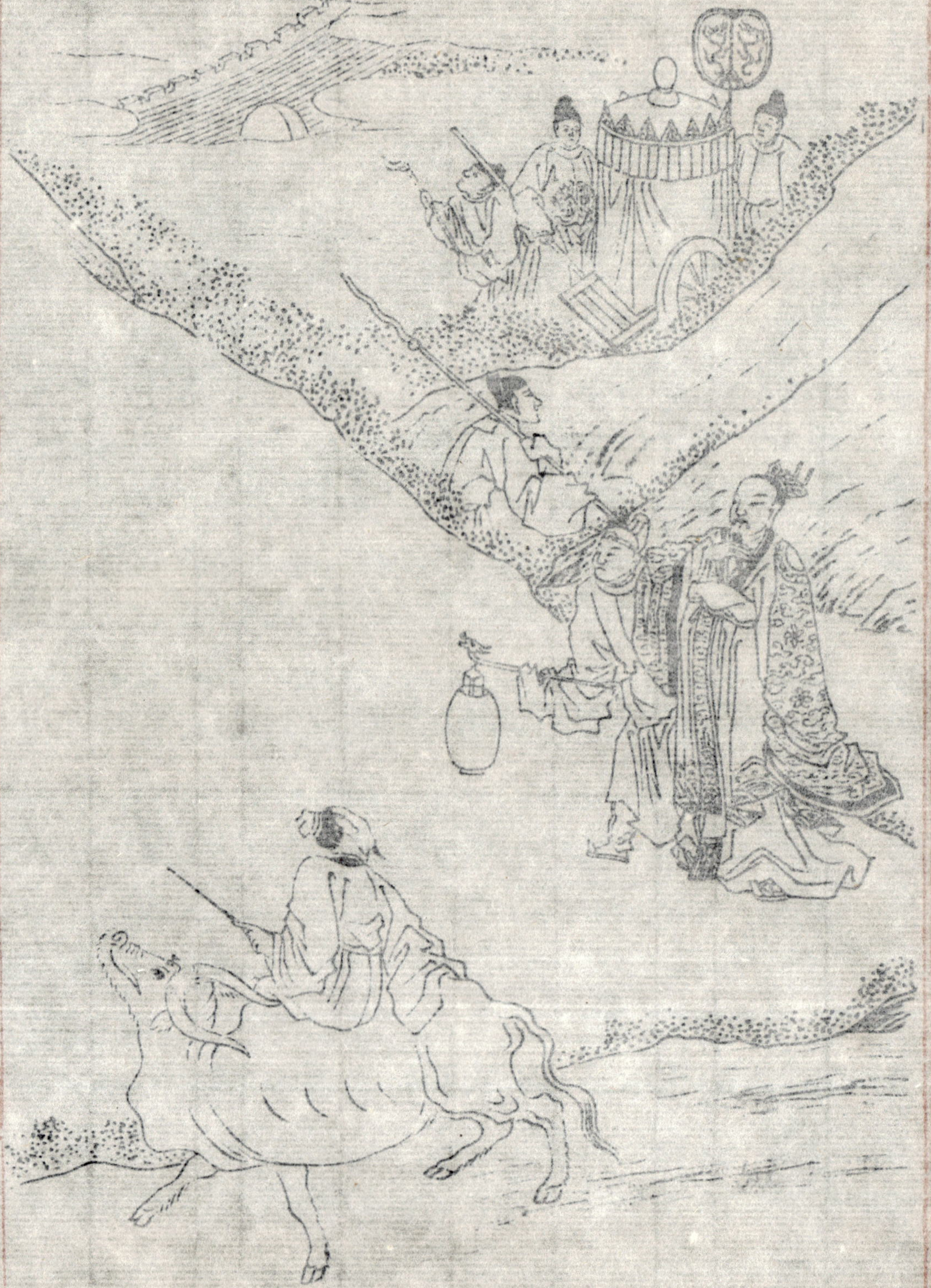

吕望之鼓刀兮/遭周文而得举/宁戚之讴歌兮/齐桓闻以该辅/

吕望之鼓刀兮遭周文而得舉甯戚之謳歌兮齊桓聞以該輔

及年岁之未晏兮/时亦犹其未央/恐鹈鴂之先鸣兮/使
夫百草为之不芳/何琼佩之偃蹇兮/众薆然而蔽之/惟
此党人之不谅兮/恐嫉妒而折之/时缤纷其变易兮/又
何可以淹留/兰芷变而不芳兮/荃蕙化而为茅/何昔日
之芳草兮/今直为此萧艾也/岂其有他故兮/莫好修之
害也/余以兰为可恃兮/羌无实而容长/委厥美以从俗
兮/苟得列乎众芳/椒专佞以慢慆兮/樧又欲充夫佩帏/
既干进而务入兮/又何芳之能祗/固时俗之流从兮/又孰
能无变化/览椒兰其若兹兮/又况揭车与江离/惟兹佩
之可贵兮/委厥美而历兹/芳菲菲而难亏兮/芬至今犹
未沫/

及年歲之未晏兮時亦猶其未央恐鵜鴂之先鳴兮使
夫百草為之不芳何瓊佩之偃蹇兮衆薆然而蔽之惟
此黨人之不諒兮恐嫉妒而折之時繽紛其變易兮又
何可以淹留蘭芷變而不芳兮荃蕙化而為茅何昔日
之芳草兮今直為此蕭艾也豈其有他故兮莫好脩之
害也余以蘭為可恃兮羌無實而容長委厥美以從俗
兮苟得列乎衆芳椒專佞以慢慆兮樧又欲充夫佩幃
既干進而務入兮又何芳之能祗固時俗之流從兮又孰

能無變化覽椒蘭其若茲兮又況揭車與江離惟茲佩
之可貴兮委厥美而歷茲芳菲菲而難虧兮芬至今猶
未沫

中華香譜文萃
風風葉

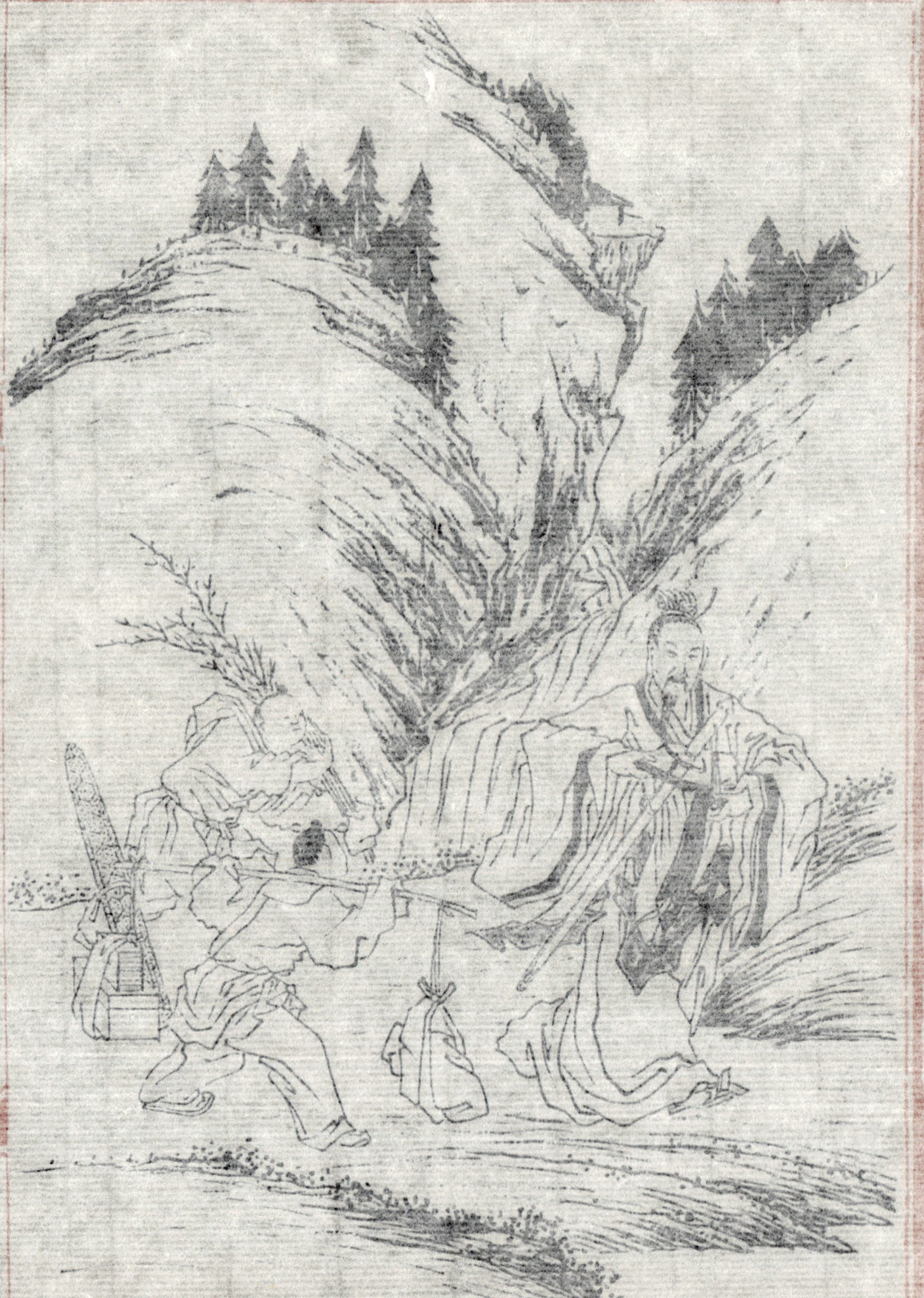

和调度以自娱兮／聊浮游而求女／及余饰之方壮兮／周流观乎上下／灵氛既告余以吉占兮／历吉日乎吾将行／折琼枝以为羞兮／精琼靡以为粮／

和調度以自娛兮聊浮游而求女及余飾之方壯兮周
流觀乎上下靈氛既告余以吉占兮歷吉日乎吾將行
折瓊枝以為羞兮精瓊靡以為粻

为余驾飞龙兮／杂瑶象以为车／何离心之可同兮／吾将远
逝以自疏／邅吾道夫昆仑兮／路修远以周流／扬云霓之
晻蔼兮／鸣玉鸾之啾啾／朝发轫于天津兮／夕余至乎西
极／凤皇翼其承旗兮／高翱翔之翼翼／忽吾行此流沙兮／
遵赤水而容与／麾蛟龙使梁津兮／诏西皇使涉余／路修
远以多艰兮／腾众车使径待／路不周以左转兮／指西海
以为期／

為余駕飛龍兮雜瑶象以為車何離心之可同兮吾將遠
逝以自疏邅吾道夫昆侖兮路脩遠以周流揚雲蜺之
晻藹兮鳴玉鸞之啾啾朝發軔于天津兮夕余至乎西
極鳳皇翼其承旂兮高翺翔之翼翼忽吾行此流沙兮
遵赤水而容與麾蛟龍使梁津兮詔西皇使涉余路脩
遠以多艱兮騰衆車使徑待路不周以左轉兮指西海
以為期

屯余车其千乘兮／齐玉轪而并驰／驾八龙之婉婉兮／载
云旗之委移／抑志而弭节兮／神高驰之邈邈／奏九歌而
舞韶兮／聊假日以媮乐／

屯余車其千乘兮齊玉軑而並馳駕八龍之婉婉兮載
雲旗之委移抑志而弭節兮神高馳之邈邈奏九歌而
舞韶兮聊假日以媮樂

陟陞皇之赫戲兮忽臨睨夫舊鄉僕夫悲余馬懷兮蜷局顧而不行亂曰已矣哉國無人兮莫知我兮又何懷乎故都旣莫足與爲美政兮吾將從彭咸之所居

陟升皇之赫戏兮／忽临睨夫旧乡／仆夫悲余马怀兮／蜷局顾而不行／乱曰／已矣哉／国无人兮莫我知兮／又何怀乎故都／既莫足与为美政兮／吾将从彭咸之所居／

中華古詩文萃屈原卷

古籍版式常识

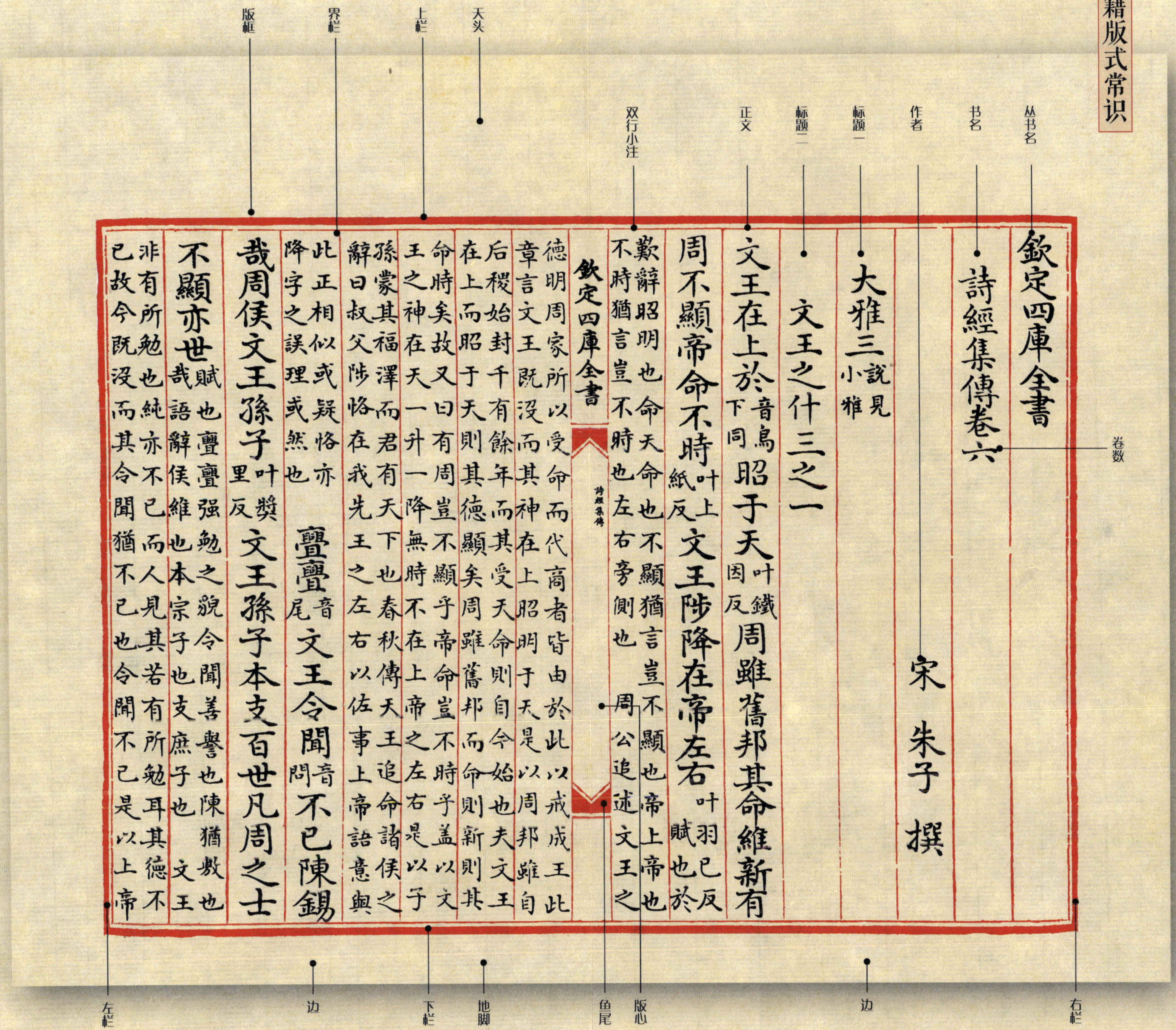

欽定四庫全書

詩經集傳卷六

宋 朱子 撰

大雅三 說見小雅

文王之什三之一

文王在上於音烏昭于天叶鐵因反周雖舊邦其命維新有周不顯帝命不時叶上紙反文王陟降在帝左右叶羽已反賦也於歎辭昭明也命天命也不顯猶言豈不顯也帝上帝也不時猶言豈不時也左右旁側也　周公追述文王之德明周家所以受命而代商者皆由於此以戒成王此章言文王既沒而其神在上昭明于天是以周邦雖自后稷始封千有餘年而其受天命則自今始也夫文王在上而昭于天則其德顯矣周雖舊邦而命則新則其命時矣故又曰有周豈不顯乎帝命豈不時乎蓋以文王之神在天一升一降無時不在上帝之左右是以子孫蒙其福澤而君有天下也春秋傳天王追命諸侯之辭曰叔父陟恪在我先王之左右以佐事上帝語意與此正相似或疑恪亦降字之誤理或然也

亹亹音尾文王令聞音問不已陳錫哉周侯文王孫子叶獎里反文王孫子本支百世凡周之士不顯亦世賦也亹亹強勉之貌令聞善譽也陳猶敷也哉語辭侯維也本宗子也支庶子也　文王非有所勉也純亦不已而人見其若有所勉耳其德不已故今既沒而其令聞猶不已也令聞不已是以上帝

欽定四庫全書　詩經集傳

中华古诗文萃总目录

初编

诗经卷　屈原卷
陶渊明卷　孟浩然卷
王维卷　李白卷
杜甫卷　白居易卷
杜牧卷　李商隐卷
柳永卷　王安石卷
苏轼卷
秦观　李清照卷
陆游卷　辛弃疾卷

二编

论语卷　孟子卷
老子卷　庄子卷
左传卷　司马迁卷
三曹卷　文心雕龙卷

中華古詩文萃總目錄

初編

詩經卷　屈原卷
陶淵明卷　孟浩然卷
王維卷　李白卷
杜甫卷　白居易卷
杜牧卷　李商隱卷
柳永卷　王安石卷

蘇軾卷
秦觀　李清照卷
陸游卷　辛棄疾卷

二編

論語卷　孟子卷
老子卷　莊子卷
左傳卷　司馬遷卷
三曹卷　古樂府卷

高适 岑参卷
韩愈卷 柳宗元卷
李贺卷 晏殊卷
欧阳修卷 晏几道卷
姜夔卷

高適 岑參卷
韓愈卷 柳宗元卷
李賀卷 晏殊卷
歐陽修卷 晏幾道卷
姜夔卷

載道藏書

姜夔卷

晁調新卷　是夔直卷

老質卷　是秾卷

蘇愈卷　縣泉元卷

高面　冬冬卷

圖書在版編目（CIP）數據

中華古詩文萃. 屈原卷 /《中華古詩文萃》編選組編. -- 北京 : 人民出版社, 2017 ISBN 978-7-01-018368-8

Ⅰ. ①中… Ⅱ. ①中…Ⅲ. ①古典詩歌-詩集 -中國②楚辭 - 選集 Ⅳ. ①I222

中國版本圖書館CIP數據核字(2017)第247649號

中華古詩文萃·屈原卷

責任編輯 劉暢
特約策劃 載道文化發展（北京）有限公司
封面題簽 霍重慶
出版發行 人民出版社
地址 北京東城區隆福寺街九九號
郵編 一〇〇七〇六
電話 〇一〇六五二五〇〇四二
〇一〇六五二八九五三九（銷售部）
印刷 常州市金壇古籍印刷廠有限公司
版次 二〇一八年一月第一版第一次印刷
ISBN 978-7-01-018368-8
定價 二九九圓

ISBN 978-7-01-018368-8
9 787010 183688 >

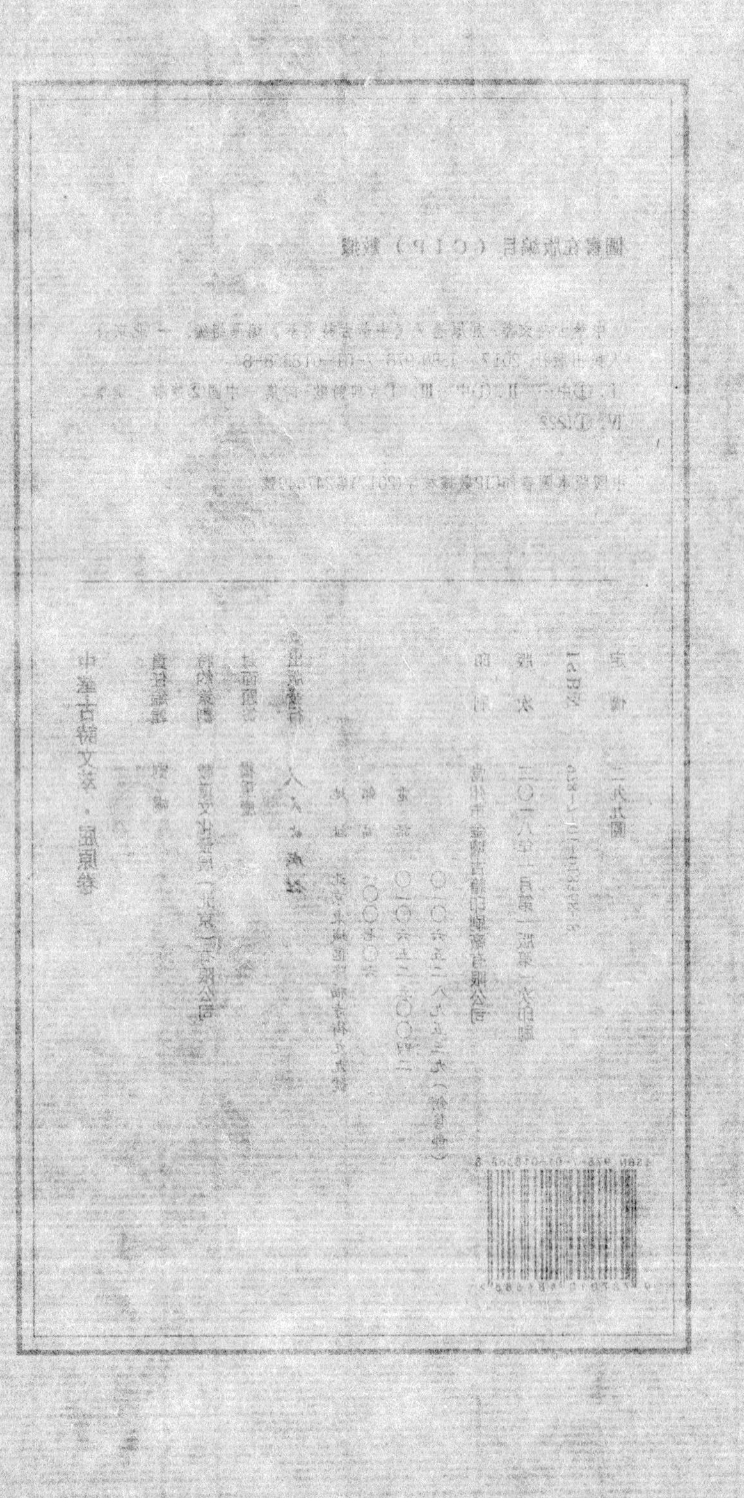